La Oruga Viajera
(The Travelling Caterpillar)

GUDI CRISTINA HENRÍQUEZ

La Oruga Viajera

Escrito por Gudi Henríquez

Ilustrado por Alberto Aldana

Revisión de Textos y Narrativa por Jaime Ramos

Portada y diseño por Karla López

The Travelling Caterpillar

Written by Gudi Henríquez

Ilustrated by Alberto Aldana

Text and Narrative reviewed by Jaime Ramos

Cover and design by Karla López

To order additional copies of this book, contact:
Xlibris
844-714-8691
www.Xlibris.com
Orders@Xlibris.com

ISBN: Softcover   978-1-6698-2986-7
         EBook   978-1-6698-2987-4

Print information available on the last page

Rev. date: 07/08/2022

Dedicado a mi

Niña Catalina Capri

y a

Mamá Cary

I dedicate this book
to my little girl

Catalina Capri

and also to my mom

Mamá Cary.

Once upon a time there was a small egg
that was left on a leaf of a Maquilishuat tree.

Había una vez un huevecillo que
había sido dejado bajo una hojita de
un árbol llamado Maquilishuat.

2

One day, the small egg began to shake and wiggle until a beautiful caterpillar emerged from within.

Cierto día el huevecillo comenzó a moverse y a moverse, hasta que de su interior salió una linda oruga.

4

The caterpillar opened its eyes and was amazed at such splendid trees, bushes and rays of sun that flooded life into such a beautiful place.

La oruga abrió sus ojitos y se quedó admirada ante tan esplendorosos árboles, arbustos y los rayitos tibios de sol que inundaban de vida aquel hermoso lugar.

Nobody told her but she had hatched in a small country, the smallest in America.

Nadie le dijo, pero había nacido en un país chiquitito, el más chiquitito de América.

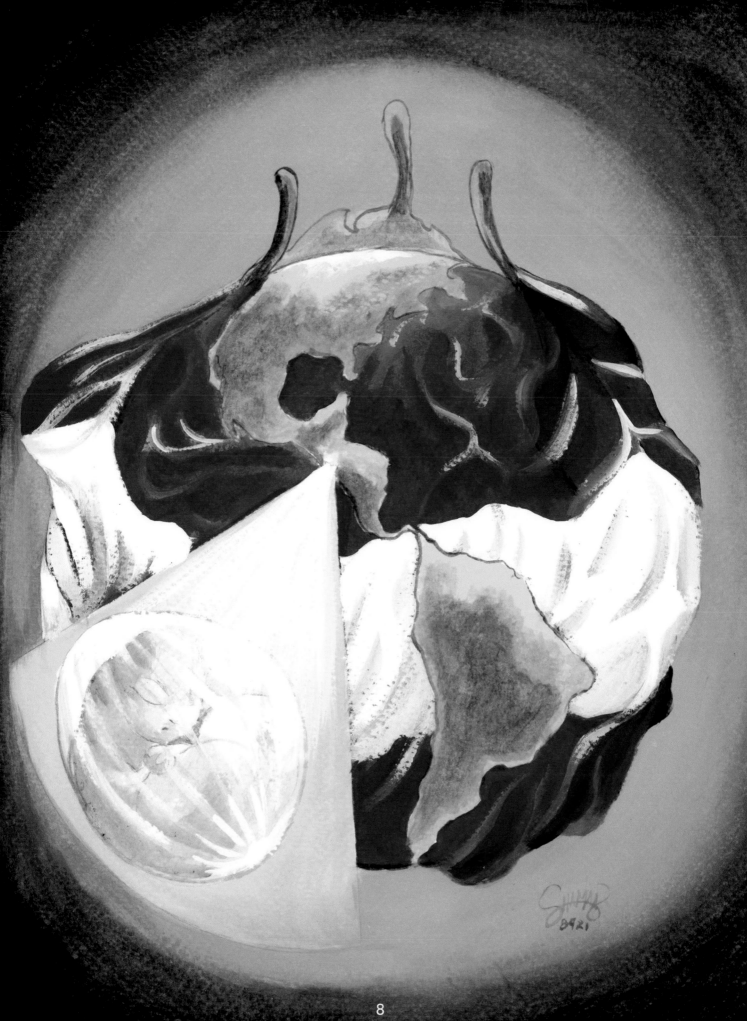

Moved by the desire of adventure and curiosity, she began to travel.

Movida por el deseo de aventura y por la curiosidad comenzó a viajar.

Our adventurous friend traveled so much that she reached California and because she was very thin from the trip, she began devouring every leaf she found. She ate and ate until she sated her hunger.

Nuestra amiga aventurera viajó tanto, pero tanto que llegó hasta California y como estaba muy flaquita por el viaje realizado, comenzó a devorar cuanta hoja encontraba. Comió y comió hasta saciarse.

She ate so much that she didn't realize when she got to Humboldt. There, she also devoured every leaf that crossed her path.

Tanto comió, que sin darse cuenta llegó hasta Humboldt. Ahí también devoró cuantas hojas encontró a su paso.

She thought of doing the same in Mendocino, the next place she visited, but she no longer could. Unexpectedly, her wish to eat ceased and she felt something inside her preventing her from continuing to eat the green leaves.

Pensaba hacer lo mismo en Mendocino, el siguiente lugar que visitó, pero ya no lo pudo hacer, inesperadamente su deseo de comer cesó y sintió que por dentro algo le impedía seguir devorando las verdes hojas.

Driven by a strange impulse, she arrived in Oregon. She was no longer a slender and adventurous caterpillar; she had become skinny like a skeleton and with her last bit of strength she built her cocoon and waited.

Llevada por un impulso extraño llegó hasta Oregón. Ya no era una oruga esbelta y aventurera; se había puesto flaquita como un esqueleto y con sus últimas fuerzas construyó su capullo y esperó.

After five days, the cocoon opened
and from inside came out this beautiful
butterfly. She extended her wings towards
the sun and soon was completely dry
and radiant, wearing her finest colors.

Después de cinco dìas el capullo se
abrió y una hermosa mariposa salió
del interior. Extendió sus alas hacia el
Sol y pronto estuvo totalmente seca y
radiante luciendo sus finos colores.

Muy feliz alzó el vuelo sobre aquellos campos multicolores. Nadie creería que esa hermosa mariposa había sido una pequeña oruga y que antes de poder volar había viajado tanto.

Very happily she took flight over the multicolored fields. Nobody would believe that this beautiful butterfly had once been a small caterpillar and before she could fly, had traveled so much.

Gudi Cristina Henríquez nació el 17 de febrero de 1970 en el cantón San Jerónimo, jurisdicción de San Rafael Obrajuelo, departamento de La Paz, El Salvador.

Estudió Bachillerato en el Instituto Nacional "José Ingenieros" de Santiago Nonualco. Estudió "Teaching English as a second Language" en la Universidad Nacional.

Emigró a los Estados Unidos de Norteamérica en 1999, junto con su esposo e hija.

Trabajó en el aeropuerto de Los Ángeles, LAX. Estudió en "Cosumnes River College", además de tener su propio negocio en la limpieza de casas. Fue contratada por "Child Development Center" y actualmente labora en "Shalom", una escuela judía privada, además de impartir clases y tutorías en "Casa de Español".

Hoy, Gudi inicia una nueva aventura.

Gudi Cristina Henríquez was born on February 17, 1970 in the canton San Jerònimo, jurisdiction San Rafael Obrajuelo, departament La Paz, El Salvador.

She went to high school at the National Institute José Ingenieros of Santiago Nonualco. She studied Teaching English as a second language at the National University.

She immigrated to the United States in 1999 alongside her husband and her daughter.

She worked at the Los Angeles airport, LAX. She studied at Cosumnes River College, CRC, while having her own housekeeping business. At CRC she was hired by the Child Development Center. She currently works at Shalom, a Jewish private school, while teaching classes and tutoring in Casa de Español.

Today Gudi embarks a new adventure.

Printed in the United States
by Baker & Taylor Publisher Services